L'Année Polaire Internationale

L'avenir de la Terre se lit dans les glaces des pôles arctiques et antarctiques. En effet, ces régions étudiées de près par les scientifiques des plus grandes universités du monde, renferment de remarquables archives climatiques du globe terrestre. C'est également là que les changements sont les plus rapides et surtout, les plus visibles. Bon nombre des réponses aux interrogations de l'ensemble de la planète sur le climat et sur son devenir s'y trouvent. La première année polaire internationale fut initiée en 1882-1883. La quatrième édition, vaste et intense campagne d'observations et d'analyse des pôles se déroulant de mars 2007 à mars 2009, prend un relief tout particulier: en effet, les questions de société, essentielles, que soulève l'évolution climatique sont au cœur de ce programme de recherche sans équivalent pour améliorer notre connaissance de la planète.

BRAHY - CORBEYRAN - BRAQUELAIRE

CLIMAX

1. LE DÉSERT BLANC

Couleurs : **BÉRENGÈRE MARQUEBREUCQ**

« Blanc étincelant, bleu lumineux, noir de jais,
dans la lumière du soleil, cette terre
a les couleurs d'un conte de fées. »

ROALD AMUNDSEN

DARGAUD
BENELUX

Un grand merci à Michel Gay pour avoir pris le temps de
nous faire profiter de son expérience en Antarctique.

Les auteurs

www.dargaud.com

PREMIÈRE ÉDITION

Dépôt légal : d/2008/0086/178 • ISBN 978-2-5050-0346-5
Imprimé en Belgique par Fleurus BD Land

Ce voyage en Antarctique
est une expérience unique.

Rien à voir avec nos
précédentes missions.

Pour cette raison, j'ai décidé
de tenir un petit journal de bord
afin de conserver intacte chaque
étape de ce périple extraordinaire.

Lorsque j'ai pris place à bord du brise-glace qui devait me conduire jusqu'à la base de Dumont d'Urville, mes compagnons de route (tous plus expérimentés) s'amusaient à me lancer des chiffres et des informations, en vrac...
J'en ai saisi certains au vol, mais je ne les ai pas tous retenus car, à cet instant, mon esprit était accaparé par la beauté des paysages...
90% de la glace du globe est concentrée au Pôle Sud... L'épaisseur de la glace peut atteindre 4800 m par endroits... 1000 personnes occupent une superficie de 14 millions de km^2... Une population composée uniquement de techniciens et de scientifiques... La température moyenne est de –40°... et peut descendre jusqu'à –80° au cœur de l'hiver... Des vents violents soufflent parfois à plus de 300 km/h...
À l'évidence, ce continent n'est pas fait pour l'homme. J'en ai la certitude.
Les conditions extrêmes qui y règnent sont difficilement imaginables et demeurent abstraites tant qu'on ne les a pas affrontées...
Je peux l'avouer, aujourd'hui que je suis tirée d'affaire...

Je n'ai jamais eu aussi peur de toute ma vie...
3.

QUELQUES MOIS PLUS TÔT...
J'AI FAIM, PAS TOI ? PRÉVIENS-MOI QUAND TU SERAS ARRIVÉ ! ON IRA DÉJEUNER ENSEMBLE...
TRÈS DRÔLE !
4

(1) COMMISSION CANADIENNE DE SÛRETÉ NUCLÉAIRE.
(2) LIRE "LA COLLINE BLESSÉE".

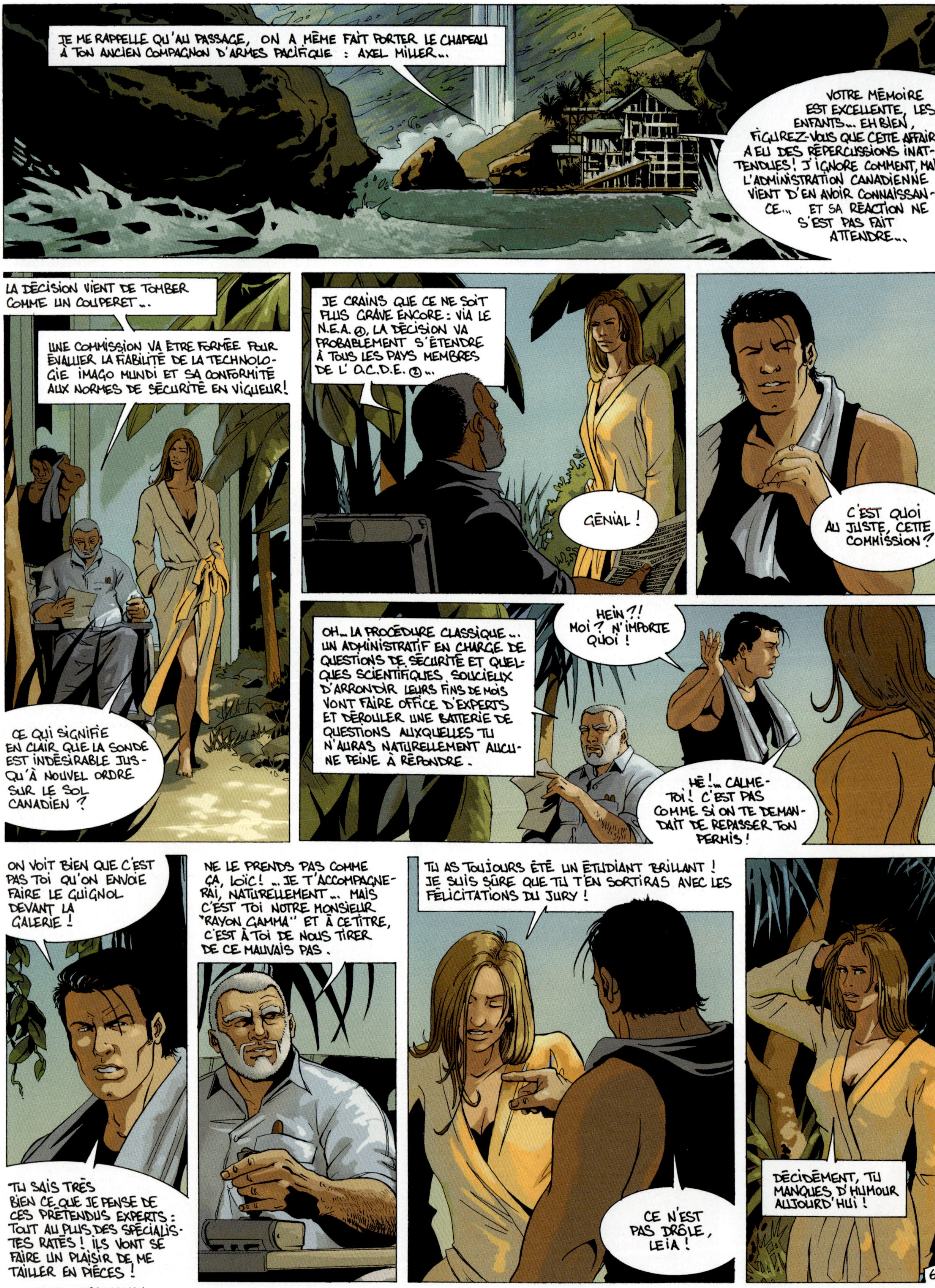

(1) NUCLEAR ENERGY AGENCY
(2) ORGANISATION DE COOPÉRATION ET DE DÉVELOPPEMENT ÉCONOMIQUES.

ON NE M'ÔTERA PAS DE L'IDÉE QU'IL S'AGIT D'UN COUP MONTÉ !
C'EST UNE POSSIBILITÉ QUE JE N'ÉCARTE PAS... L'AGENCE IMAGO MUNDI SUSCITE TELLEMENT DE JALOUSIE !
TU PENSES À UNE MANOEUVRE SOURNOISE DE TON "AMI" AXEL MILLER ?
L'HEURE N'EST PAS AUX ACCUSATIONS, LEIA... MAIS AUX BILANS !
NOTRE SITUATION FINANCIÈRE EST CRITIQUE... ET MALGRÉ MES RELANCES, LA FACTURE DE SILBURY HILL N'A TOUJOURS PAS ÉTÉ HONORÉE...
LES CLIENTS SONT RARES CAR NOS SERVICES REVIENNENT CHER... LA MISE EN OEUVRE DE LA SONDE MIRACLE COÛTE À ELLE SEULE UNE PETITE FORTUNE !
ÇA VA ÊTRE DE MA FAUTE !
ARRÊTE TA PARANO, LOÏC ! PERSONNE NE TE REPROCHE QUOI QUE CE SOIT !
CETTE MISSION AU CANADA DEVAIT NOUS SORTIR MOMENTANÉMENT DE L'IMPASSE... MAIS AVEC LE TEMPS DE DÉROULER CES PROCÉDURES ADMINISTRATIVES, ON VA CERTAINEMENT DEVOIR PATIENTER PLUSIEURS MOIS !
PARFAIT ! ET ON FAIT COMMENT POUR MAINTENIR L'AGENCE À FLOT PENDANT QUE MESSIEURS LES RONDS-DE-CUIR TERGIVERSENT ?
AUCUNE IDÉE...
CECI DIT, JE SUIS ASSEZ D'ACCORD AVEC LOÏC : ÇA SENT LE COUP MONTÉ À PLEIN NEZ !
QUE VEUX-TU DIRE ?
7

C'EST TRÈS SIMPLE !... NOUS DEVIONS UTILISER LES RAYONS MAGIQUES DE MISTER LASER POUR TENTER DE LOCALISER DES GISEMENTS DE DIAMANTS DANS LES TERRITOIRES DU NORD-OUEST, AUX CONFINS DU CANADA...
AUTREMENT DIT, LÀ OÙ LA DENSITÉ DE POPULATION EST FORTEMENT VOISINE DE ZÉRO VIRGULE ZÉRO...
JE COMMENCE À COMPRENDRE OÙ TU VEUX EN VENIR... D'UN CÔTÉ, UN GROS ENJEU ÉCONOMIQUE POTENTIEL, ET DE L'AUTRE, MÊME SI NOTRE TECHNOLOGIE PRÉSENTAIT UN QUELCONQUE RISQUE, PAS ÂME QUI VIVE POUR EN FAIRE LES FRAIS...
TU AS RAISON, CETTE INTERDICTION NE TIENT PAS DEBOUT...
MAIS À LA RÉFLEXION, IL ME SEMBLE QU'ON POURRAIT CONTOURNER ASSEZ FACILEMENT L'OBSTACLE. POUR REPÉRER UN GISEMENT DE DIAMANTS, NOUS N'AVONS CERTAINEMENT PAS BESOIN D'UN MATÉRIEL AUSSI PERFORMANT QUE CELUI QUE NOUS UTILISONS HABITUELLEMENT !
EH ! PAS BÊTE ! ON BRICOLE UNE SONDE "LIGHT" ET LE TOUR EST JOUÉ ! TU EN PENSES QUOI, MISTER LASER ?
NE COMPTEZ PAS SUR MOI !
SI C'EST LE SEUL MOYEN QUE TU AS TROUVÉ POUR REMETTRE MON BOULOT EN CAUSE, JE TROUVE ÇA PLUTÔT MESQUIN, HARALD !
QU'EST-CE QUE TU RACONTES ? TU DÉLIRES ?!
NE TE MÊLE PAS DE ÇA, S'IL TE PLAÎT, LEIA !
J'AI BIEN SENTI QUE LES CHOSES AVAIENT CHANGÉ ENTRE NOUS DEPUIS SILBURY HILL, MAIS J'AURAIS PRÉFÉRÉ QUE TU NE CHERCHES PAS D'EXCUSES ET QUE TU M'EN PARLES FRANCHEMENT !
LOÏC !
LAISSE-LE, LEIA...
LORSQU'IL AURA DIGÉRÉ L'AFFRONT, IL REVIENDRA...
8

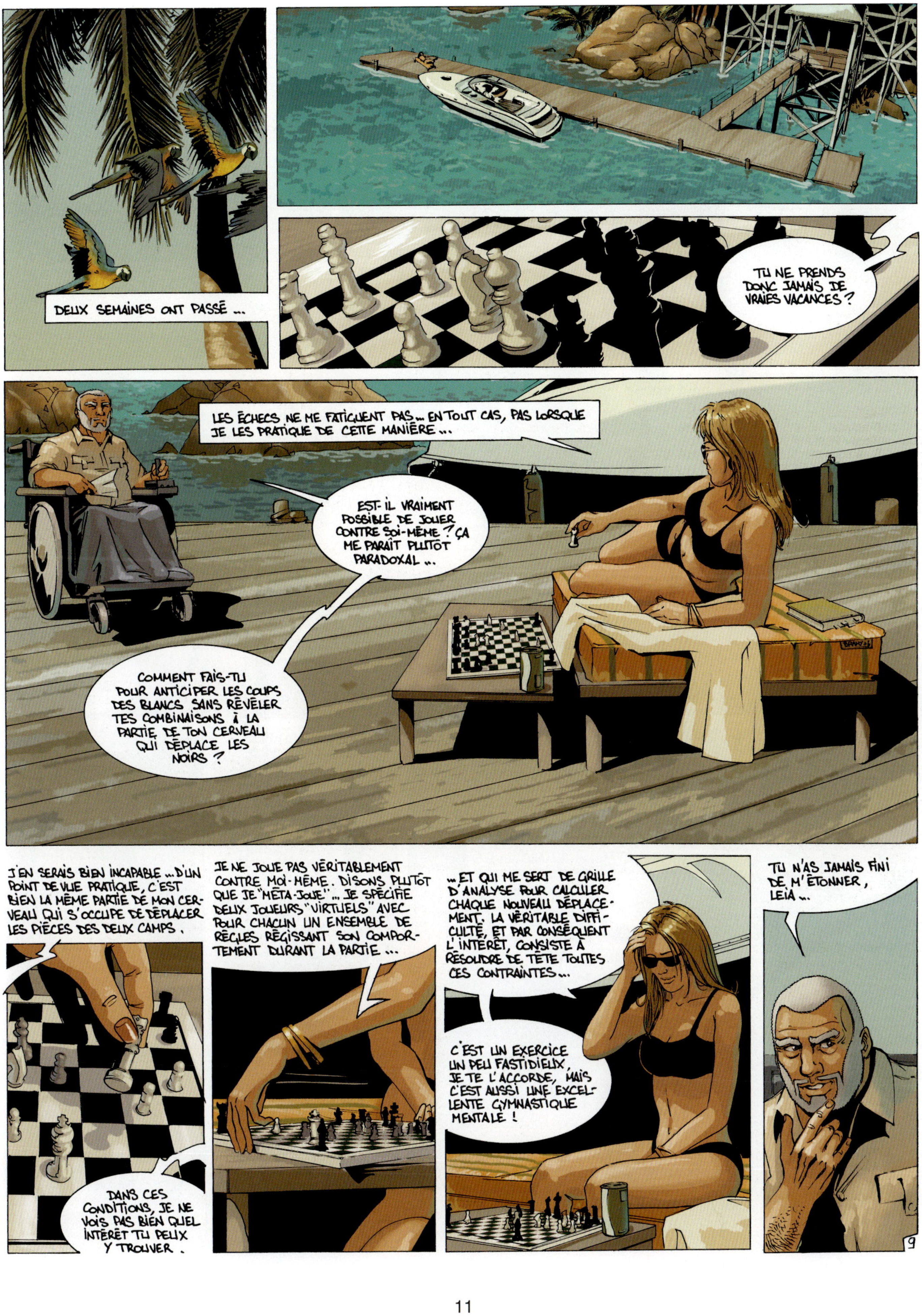
DEUX SEMAINES ONT PASSÉ ...
TU NE PRENDS DONC JAMAIS DE VRAIES VACANCES ?
LES ÉCHECS NE ME FATIGUENT PAS... EN TOUT CAS, PAS LORSQUE JE LES PRATIQUE DE CETTE MANIÈRE...
EST-IL VRAIMENT POSSIBLE DE JOUER CONTRE SOI-MÊME ? ÇA ME PARAÎT PLUTÔT PARADOXAL...
COMMENT FAIS-TU POUR ANTICIPER LES COUPS DES BLANCS SANS RÉVÉLER TES COMBINAISONS À LA PARTIE DE TON CERVEAU QUI DÉPLACE LES NOIRS ?
J'EN SERAIS BIEN INCAPABLE ... D'UN POINT DE VUE PRATIQUE, C'EST BIEN LA MÊME PARTIE DE MON CERVEAU QUI S'OCCUPE DE DÉPLACER LES PIÈCES DES DEUX CAMPS.
DANS CES CONDITIONS, JE NE VOIS PAS BIEN QUEL INTÉRÊT TU PEUX Y TROUVER.
JE NE JOUE PAS VÉRITABLEMENT CONTRE MOI-MÊME. DISONS PLUTÔT QUE JE "MÉTA-JOUE"... JE SPÉCIFIE DEUX JOUEURS "VIRTUELS" AVEC POUR CHACUN UN ENSEMBLE DE RÈGLES RÉGISSANT SON COMPORTEMENT DURANT LA PARTIE...
... ET QUI ME SERT DE GRILLE D'ANALYSE POUR CALCULER CHAQUE NOUVEAU DÉPLACEMENT. LA VÉRITABLE DIFFICULTÉ, ET PAR CONSÉQUENT L'INTÉRÊT, CONSISTE À RÉSOUDRE DE TÊTE TOUTES CES CONTRAINTES...
C'EST UN EXERCICE UN PEU FASTIDIEUX, JE TE L'ACCORDE, MAIS C'EST AUSSI UNE EXCELLENTE GYMNASTIQUE MENTALE !
TU N'AS JAMAIS FINI DE M'ÉTONNER, LEIA...

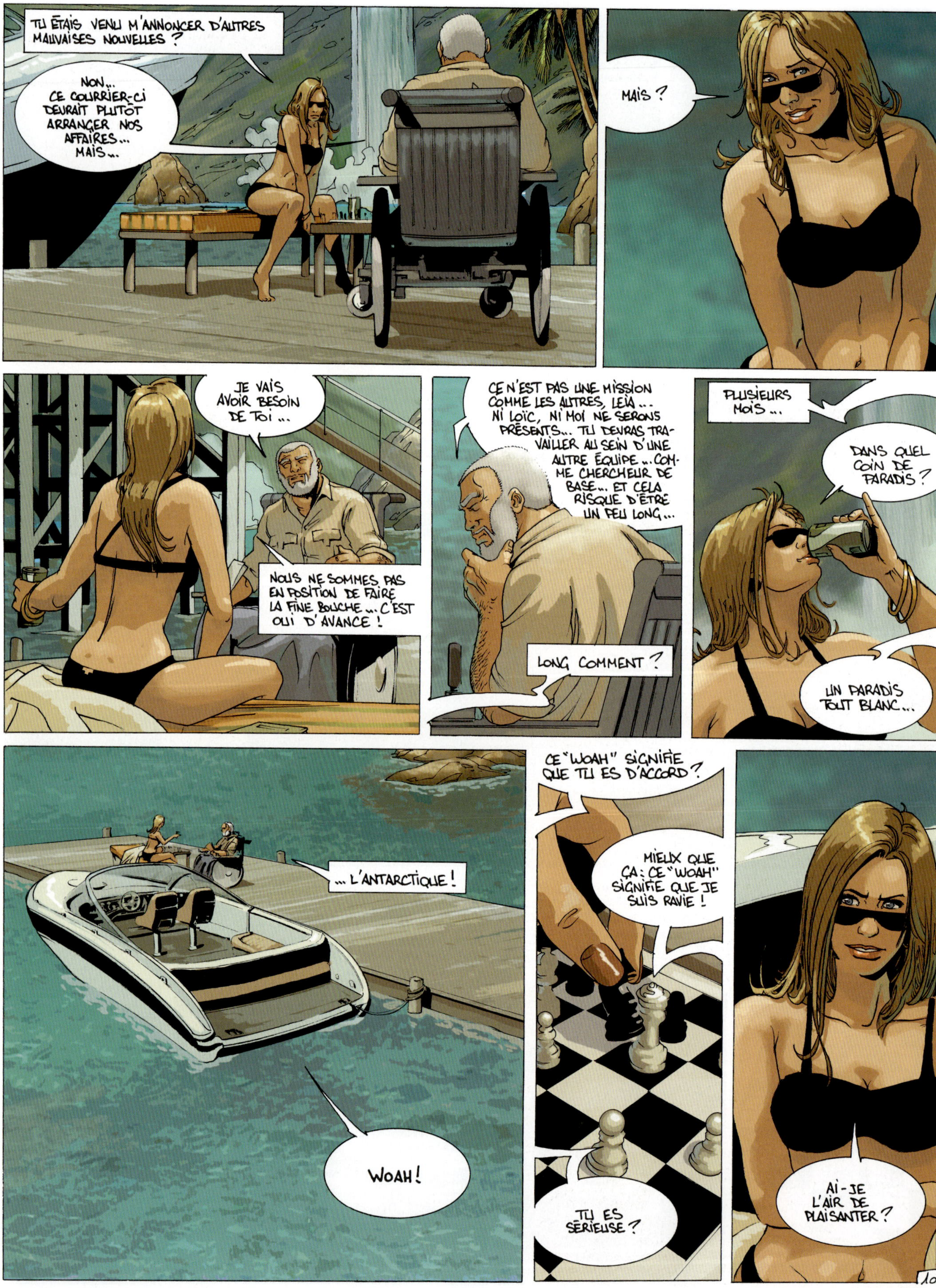
TU ÉTAIS VENU M'ANNONCER D'AUTRES MAUVAISES NOUVELLES ?
NON... CE COURRIER-CI DEVRAIT PLUTÔT ARRANGER NOS AFFAIRES... MAIS...
MAIS ?
JE VAIS AVOIR BESOIN DE TOI...
NOUS NE SOMMES PAS EN POSITION DE FAIRE LA FINE BOUCHE... C'EST OUI D'AVANCE !
CE N'EST PAS UNE MISSION COMME LES AUTRES, LEÏA... NI LOÏC, NI MOI NE SERONS PRÉSENTS... TU DEVRAS TRAVAILLER AU SEIN D'UNE AUTRE ÉQUIPE... COMME CHERCHEUR DE BASE... ET CELA RISQUE D'ÊTRE UN PEU LONG...
LONG COMMENT ?
PLUSIEURS MOIS...
DANS QUEL COIN DE PARADIS ?
UN PARADIS TOUT BLANC...
... L'ANTARCTIQUE !
WOAH !
CE "WOAH" SIGNIFIE QUE TU ES D'ACCORD ?
MIEUX QUE ÇA : CE "WOAH" SIGNIFIE QUE JE SUIS RAVIE !
TU ES SÉRIEUSE ?
AI-JE L'AIR DE PLAISANTER ?
10

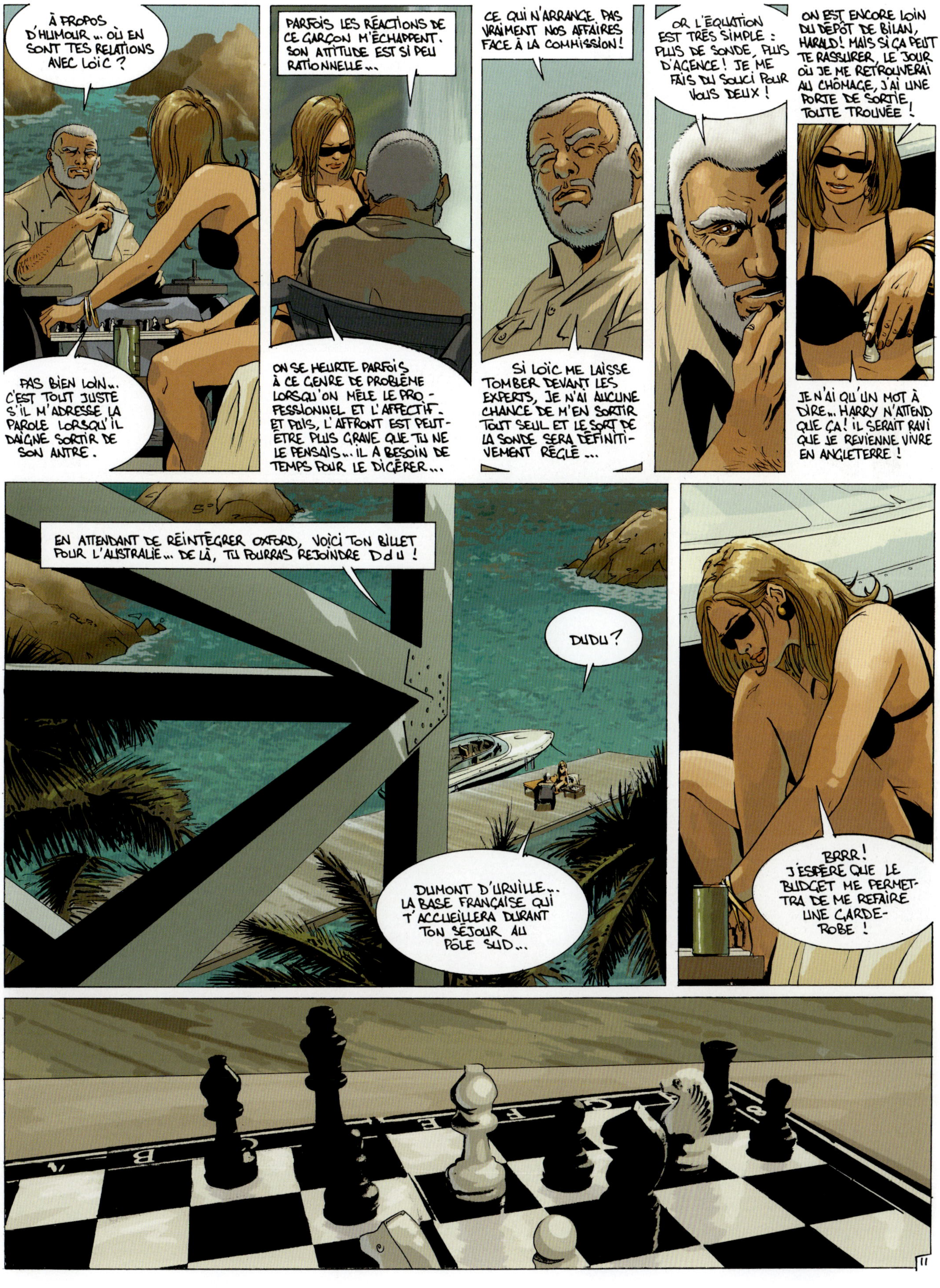

À PROPOS D'HUMOUR... OÙ EN SONT TES RELATIONS AVEC LOÏC ?
PAS BIEN LOIN... C'EST TOUT JUSTE S'IL M'ADRESSE LA PAROLE LORSQU'IL DAIGNE SORTIR DE SON ANTRE.
PARFOIS LES RÉACTIONS DE CE GARÇON M'ÉCHAPPENT. SON ATTITUDE EST SI PEU RATIONNELLE...
ON SE HEURTE PARFOIS À CE GENRE DE PROBLÈME LORSQU'ON MÊLE LE PROFESSIONNEL ET L'AFFECTIF. ET PUIS, L'AFFRONT EST PEUT-ÊTRE PLUS GRAVE QUE TU NE LE PENSAIS... IL A BESOIN DE TEMPS POUR LE DIGÉRER...
CE QUI N'ARRANGE PAS VRAIMENT NOS AFFAIRES FACE À LA COMMISSION !
SI LOÏC ME LAISSE TOMBER DEVANT LES EXPERTS, JE N'AI AUCUNE CHANCE DE M'EN SORTIR TOUT SEUL ET LE SORT DE LA SONDE SERA DÉFINITIVEMENT RÉGLÉ...
OR L'ÉQUATION EST TRÈS SIMPLE : PLUS DE SONDE, PLUS D'AGENCE ! JE ME FAIS DU SOUCI POUR VOUS DEUX !
ON EST ENCORE LOIN DU DÉPÔT DE BILAN, HARALD ! MAIS SI ÇA PEUT TE RASSURER, LE JOUR OÙ JE ME RETROUVERAI AU CHÔMAGE, J'AI UNE PORTE DE SORTIE TOUTE TROUVÉE !
JE N'AI QU'UN MOT À DIRE... HARRY N'ATTEND QUE ÇA ! IL SERAIT RAVI QUE JE REVIENNE VIVRE EN ANGLETERRE !
EN ATTENDANT DE RÉINTÉGRER OXFORD, VOICI TON BILLET POUR L'AUSTRALIE... DE LÀ, TU POURRAS REJOINDRE DDU !
DUDU ?
DUMONT D'URVILLE... LA BASE FRANÇAISE QUI T'ACCUEILLERA DURANT TON SÉJOUR AU PÔLE SUD...
BRRR ! J'ESPÈRE QUE LE BUDGET ME PERMETTRA DE ME REFAIRE UNE GARDE-ROBE !

Ici, rien n'est gratuit.
Chaque déplacement est un engagement total.
Chaque pas ressemble à une victoire… Chaque progrès coûte de l'énergie…
Mais le spectacle en vaut la peine…
La beauté qui m'entoure est à la démesure de l'effort produit…

On dit que l'Antarctique détient les secrets de la Terre.
Les glaces polaires recèlent, en effet, des informations capitales sur les variations du climat et de la composition de notre atmosphère.
De formidables archives naturelles qui en disent long aussi sur l'influence de l'Homme sur les récents bouleversements climatiques.
Mais cette région sauvage du monde détient peut-être aussi la clé de la sagesse universelle...
Ici, ni peuple à asservir, ni sous-sol à prospecter...
Le traité de l'Antarctique interdit provisoirement toute exploitation minière...
Les revendications nationales sont suspendues depuis le milieu du vingtième siècle. Toute activité militaire y est interdite... Pas de police et pas de juge... Pas de commerce et pas de formalités douanières...
Le 6e continent est un environnement unique au monde qui n'appartient à personne... Une réserve naturelle consacrée à la paix et à la science.
Ici, on admire les oiseaux et les manchots en essayant de les déranger le moins possible...
Ici, on observe et on étudie...
13

Peu d'espèces animales sont armées pour survivre sous de telles latitudes... La vie est pourtant omniprésente et opiniâtre... Il suffit d'observer... La patience est souvent récompensée...
En arrivant, nous avons croisé des pétrels, des baleines, des phoques et des marsouins... ainsi qu'une petite colonie de manchots, aperçue de loin...
QU'EN DITES-VOUS, MISS LEWIS ?
MON PATRON SERAIT LÀ, IL DIRAIT QU'IL Y A DU JULES VERNE DANS CES PAYSAGES ! MOI, JE NE DIS RIEN... JE PRÉFÈRE REGARDER...
JE N'AI PAS ASSEZ DE VOCABULAIRE POUR TRADUIRE UNE TELLE INTENSITÉ !

① VOUS PERMETTEZ QUE JE VOUS APPELLE LEÏA ?

TU AURAIS PU ATTENDRE QUE LA DEMOISELLE AIT TERMINÉ DE S'INSTALLER AVANT DE LUI SAUTER DESSUS...
NE L'ÉCOUTEZ PAS, LEIA... C'EST UN JALOUX... IL NE SUPPORTE PAS QUE JE SOIS PLUS BEAU, PLUS GRAND, PLUS INTELLIGENT ET PLUS BLOND QUE LUI !
JE VOUS FAIS LA VISITE DES LIEUX ?
ALLONS-Y...
ATTENDEZ ! JE NE SUIS PAS LE PLUS ANCIEN, MAIS JE CONNAIS MIEUX L'ENDROIT QUE CE PSEUDO-SUÉDOIS ! VOUS NE PRÉFÉREZ PAS QUE CE SOIT MOI QUI VOUS FASSE FAIRE LE TOUR DU PROPRIÉTAIRE ?
DÉSOLÉE, GENTLEMEN... JE VIENS D'ARRIVER... JE N'AI PAS ENCORE DE RÉFÉRENCE PRIORITAIRE...
OK. ! VOILÀ CE QU'ON VA FAIRE : JE LAISSE COMMENCER CETTE ENDIVE DONT LES DOIGTS RESSEMBLENT À DES LIMACES... ET À LA PREMIÈRE LUEUR DE DÉCEPTION DANS VOTRE REGARD, JE LE REMPLACE !
DEAL !
VOICI LA SALLE COMMUNE... VOUS PRÉFÉREZ LE BILLARD OU LE BABY ?
JE PRÉFÈRE LES ÉCHECS...
PERDU ! JE PRENDS LE RELAIS !
MISS LEWIS ! PARDONNEZ MON RETARD ! JE SUIS BERNARD COUVREUR, LE MÉDECIN-CHEF DE LA BASE, ET COMME LE VEUT L'USAGE, LE CHEF DE DISTRICT. À CE TITRE, JE FAIS ÉGALEMENT OFFICE D'INTENDANT, D'OFFICIER DE POLICE ET, ACCESSOIREMENT, DE RESPONSABLE DE CETTE MISSION.
ENCHANTÉ DE FAIRE VOTRE CONNAISSANCE... JE CONSTATE QUE NOS DEUX AMIS ONT DÉJÀ COMMENCÉ LA VISITE !
LA COMPLEXITÉ DE LA MÉTHODE NUIT TOUTEFOIS À LA RÉALISATION DU PROJET !
JE COMPRENDS...
SI ÇA NE VOUS ENNUIE PAS, MESSIEURS, JE PRENDS LA VISITE EN MAIN...
16.

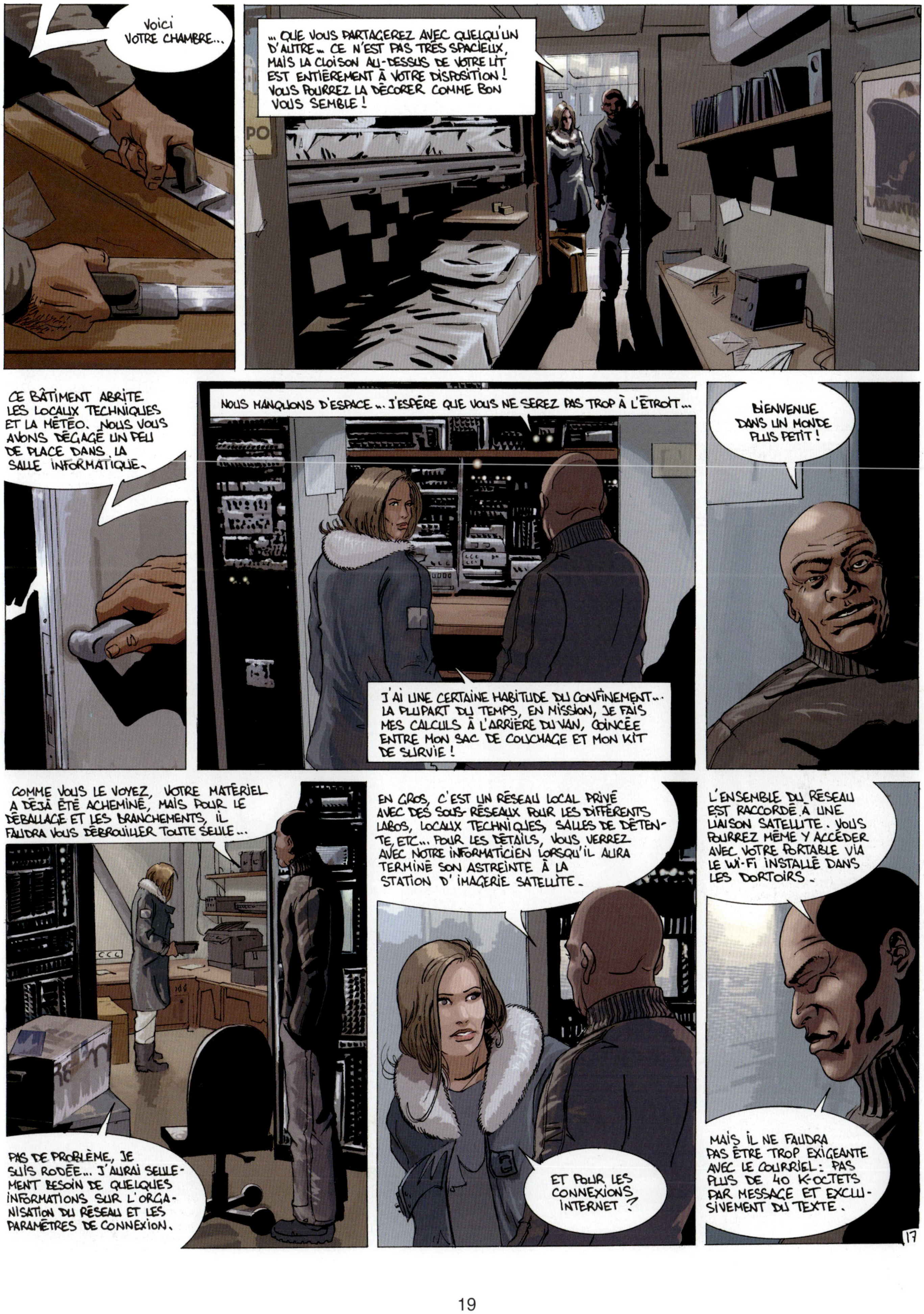

VOICI VOTRE CHAMBRE...
... QUE VOUS PARTAGEREZ AVEC QUELQU'UN D'AUTRE... CE N'EST PAS TRÈS SPACIEUX, MAIS LA CLOISON AU-DESSUS DE VOTRE LIT EST ENTIÈREMENT À VOTRE DISPOSITION ! VOUS POURREZ LA DÉCORER COMME BON VOUS SEMBLE !
CE BÂTIMENT ABRITE LES LOCAUX TECHNIQUES ET LA MÉTÉO. NOUS VOUS AVONS DÉGAGÉ UN PEU DE PLACE DANS LA SALLE INFORMATIQUE.
NOUS MANQUONS D'ESPACE... J'ESPÈRE QUE VOUS NE SEREZ PAS TROP À L'ÉTROIT...
J'AI UNE CERTAINE HABITUDE DU CONFINEMENT... LA PLUPART DU TEMPS, EN MISSION, JE FAIS MES CALCULS À L'ARRIÈRE DU VAN, COINCÉE ENTRE MON SAC DE COUCHAGE ET MON KIT DE SURVIE !
BIENVENUE DANS UN MONDE PLUS PETIT !
COMME VOUS LE VOYEZ, VOTRE MATÉRIEL A DÉJÀ ÉTÉ ACHEMINÉ, MAIS POUR LE DÉBALLAGE ET LES BRANCHEMENTS, IL FAUDRA VOUS DÉBROUILLER TOUTE SEULE...
PAS DE PROBLÈME, JE SUIS RODÉE... J'AURAI SEULEMENT BESOIN DE QUELQUES INFORMATIONS SUR L'ORGANISATION DU RÉSEAU ET LES PARAMÈTRES DE CONNEXION.
EN GROS, C'EST UN RÉSEAU LOCAL PRIVÉ AVEC DES SOUS-RÉSEAUX POUR LES DIFFÉRENTS LABOS, LOCAUX TECHNIQUES, SALLES DE DÉTENTE, ETC... POUR LES DÉTAILS, VOUS VERREZ AVEC NOTRE INFORMATICIEN LORSQU'IL AURA TERMINÉ SON ASTREINTE À LA STATION D'IMAGERIE SATELLITE.
ET POUR LES CONNEXIONS INTERNET ?
L'ENSEMBLE DU RÉSEAU EST RACCORDÉ À UNE LIAISON SATELLITE. VOUS POURREZ MÊME Y ACCÉDER AVEC VOTRE PORTABLE VIA LE WI-FI INSTALLÉ DANS LES DORTOIRS.
MAIS IL NE FAUDRA PAS ÊTRE TROP EXIGEANTE AVEC LE COURRIEL : PAS PLUS DE 40 K-OCTETS PAR MESSAGE ET EXCLUSIVEMENT DU TEXTE.
17

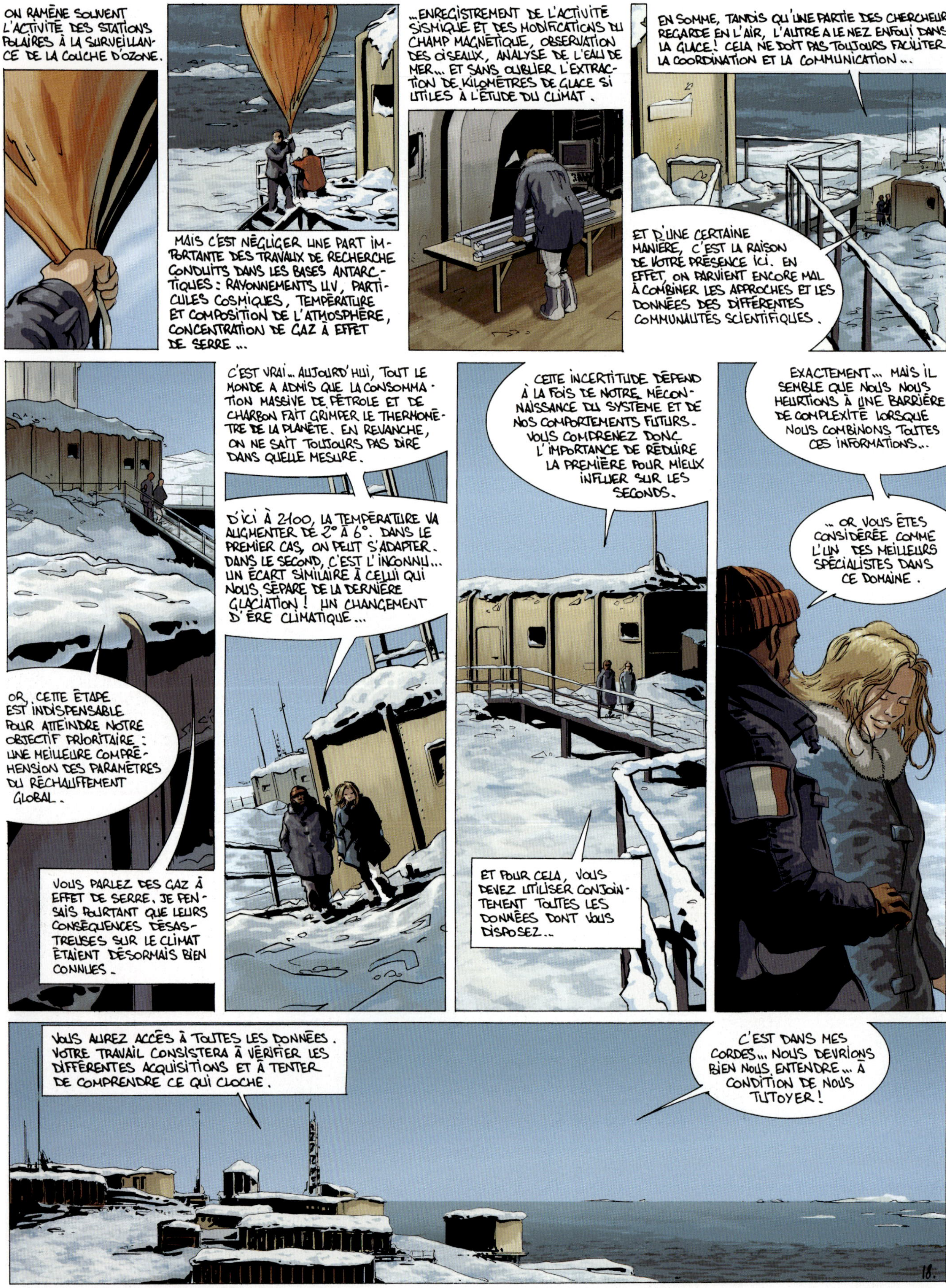

ON RAMÈNE SOUVENT L'ACTIVITÉ DES STATIONS POLAIRES À LA SURVEILLANCE DE LA COUCHE D'OZONE.
MAIS C'EST NÉGLIGER UNE PART IMPORTANTE DES TRAVAUX DE RECHERCHE CONDUITS DANS LES BASES ANTARCTIQUES : RAYONNEMENTS UV, PARTICULES COSMIQUES, TEMPÉRATURE ET COMPOSITION DE L'ATMOSPHÈRE, CONCENTRATION DE GAZ À EFFET DE SERRE...
...ENREGISTREMENT DE L'ACTIVITÉ SISMIQUE ET DES MODIFICATIONS DU CHAMP MAGNÉTIQUE, OBSERVATION DES OISEAUX, ANALYSE DE L'EAU DE MER... ET SANS OUBLIER L'EXTRACTION DE KILOMÈTRES DE GLACE SI UTILES À L'ÉTUDE DU CLIMAT.
EN SOMME, TANDIS QU'UNE PARTIE DES CHERCHEURS REGARDE EN L'AIR, L'AUTRE A LE NEZ ENFOUI DANS LA GLACE ! CELA NE DOIT PAS TOUJOURS FACILITER LA COORDINATION ET LA COMMUNICATION...
ET D'UNE CERTAINE MANIÈRE, C'EST LA RAISON DE VOTRE PRÉSENCE ICI. EN EFFET, ON PARVIENT ENCORE MAL À COMBINER LES APPROCHES ET LES DONNÉES DES DIFFÉRENTES COMMUNAUTÉS SCIENTIFIQUES.
VOUS PARLEZ DES GAZ À EFFET DE SERRE. JE PENSAIS POURTANT QUE LEURS CONSÉQUENCES DÉSASTREUSES SUR LE CLIMAT ÉTAIENT DÉSORMAIS BIEN CONNUES.
C'EST VRAI... AUJOURD'HUI, TOUT LE MONDE A ADMIS QUE LA CONSOMMATION MASSIVE DE PÉTROLE ET DE CHARBON FAIT GRIMPER LE THERMOMÈTRE DE LA PLANÈTE. EN REVANCHE, ON NE SAIT TOUJOURS PAS DIRE DANS QUELLE MESURE.
D'ICI À 2100, LA TEMPÉRATURE VA AUGMENTER DE 2° À 6°. DANS LE PREMIER CAS, ON PEUT S'ADAPTER. DANS LE SECOND, C'EST L'INCONNU... UN ÉCART SIMILAIRE À CELUI QUI NOUS SÉPARE DE LA DERNIÈRE GLACIATION ! UN CHANGEMENT D'ÈRE CLIMATIQUE...
CETTE INCERTITUDE DÉPEND À LA FOIS DE NOTRE MÉCONNAISSANCE DU SYSTÈME ET DE NOS COMPORTEMENTS FUTURS. VOUS COMPRENEZ DONC L'IMPORTANCE DE RÉDUIRE LA PREMIÈRE POUR MIEUX INFLUER SUR LES SECONDS.
OR, CETTE ÉTAPE EST INDISPENSABLE POUR ATTEINDRE NOTRE OBJECTIF PRIORITAIRE : UNE MEILLEURE COMPRÉHENSION DES PARAMÈTRES DU RÉCHAUFFEMENT GLOBAL.
ET POUR CELA, VOUS DEVEZ UTILISER CONJOINTEMENT TOUTES LES DONNÉES DONT VOUS DISPOSEZ...
EXACTEMENT... MAIS IL SEMBLE QUE NOUS NOUS HEURTIONS À UNE BARRIÈRE DE COMPLEXITÉ LORSQUE NOUS COMBINONS TOUTES CES INFORMATIONS...
... OR VOUS ÊTES CONSIDÉRÉE COMME L'UN DES MEILLEURS SPÉCIALISTES DANS CE DOMAINE.
VOUS AUREZ ACCÈS À TOUTES LES DONNÉES. VOTRE TRAVAIL CONSISTERA À VÉRIFIER LES DIFFÉRENTES ACQUISITIONS ET À TENTER DE COMPRENDRE CE QUI CLOCHE.
C'EST DANS MES CORDES... NOUS DEVRIONS BIEN NOUS ENTENDRE... À CONDITION DE NOUS TUTOYER !
18.

WILTSHIRE, ANGLETERRE
SIX MOIS AUPARAVANT...
CES QUELQUES SEMAINES PASSÉES À TES CÔTÉS ONT ÉTÉ UN VÉRITABLE ENCHANTEMENT POUR MOI, LEIA...
J'AI L'IMPRESSION QUE CETTE AVENTURE NOUS A RAPPROCHÉS...
C'EST LE CAS, HARRY... J'AI PRIS BEAUCOUP DE PLAISIR EN TA COMPAGNIE, MOI AUSSI...
MAIS JE TE CONNAIS BIEN ET J'AI LE NET SENTIMENT QUE TU AS AUTRE CHOSE À ME DIRE MAIS QUE TU NE SAIS PAS PAR QUEL BOUT COMMENCER...
JE ME TROMPE ?
NON... TU AS MIS DANS LE MILLE... COMME TOUJOURS...
J'AIMERAIS EN EFFET ÉVOQUER UN SUJET DÉLICAT... C'EST QUELQUE CHOSE QUI ME TIENT À COEUR DEPUIS LONGTEMPS...
NOUS EN AVONS DÉJÀ PARLÉ CENT FOIS, MAIS JE PENSE QUE LE MOMENT EST BIEN CHOISI POUR L'ABORDER À NOUVEAU...
DÉSOLÉE, HARRY... IL N'EST PAS QUESTION POUR MOI DE REVENIR VIVRE EN ANGLETERRE...
19

IL NE S'AGIT PAS SEULEMENT DE L'ANGLETERRE, LEÏA... IL S'AGIT DE NOUS... LE PLAISIR QUE NOUS AVONS ÉPROUVÉ LORS DE CETTE COURTE MISSION SERAIT QUOTIDIENNEMENT RENOUVELÉ...
NOUS POURRIONS TRAVAILLER DANS LA MÊME UNIVERSITÉ... NOUS VOIR EN DEHORS DU BOULOT, AUSSI SOUVENT QUE NOUS LE SOUHAITERIONS... NOUS POURRIONS SORTIR... NOUS DIVERTIR... RENCONTRER DES GENS... FRÉQUENTER LES MÊMES LIEUX...
JE VOIS QUE TU AS DÉJÀ BEAUCOUP RÉFLÉCHI À LA QUESTION, HARRY... ET J'EN SUIS TROUBLÉE... JE NE M'ATTENDAIS PAS À UNE TELLE OFFRE...
CE N'EST PAS UNE OFFRE, C'EST MON VOEU LE PLUS CHER...
JE SUIS TRÈS TOUCHÉE, HARRY...
MAIS ?
JE NE ME VOIS PAS REVENIR EN ANGLETERRE APRÈS TOUTES CES ANNÉES... ET JE NE ME VOIS SURTOUT PAS RETROUVER UN BOULOT DANS UNE UNIVERSITÉ... J'AURAIS L'IMPRESSION DE FAIRE MACHINE ARRIÈRE... DE ME FOSSILISER...
MERCI POUR LES FOSSILES...
JE NE DIS PAS ÇA POUR TOI, HARRY... JE N'AI JAMAIS PENSÉ UNE CHOSE PAREILLE À TON PROPOS... MAIS NOUS SOMMES DIFFÉRENTS...
EN TOUT CAS, MOI, J'AI CHANGÉ... JE NE SUIS PLUS LA GAMINE QUE TU AS CONNUE... J'AI BESOIN DE CES GRANDS ESPACES ET DE CETTE LIBERTÉ QUE ME PROCURE MON JOB À L'AGENCE IMAGO MUNDI...
20

NE SOIS PAS TRISTE, HARRY, JE T'EN PRIE !
JE NE SUIS PAS TRISTE... JE SUIS DÉSESPÉRÉ !
EN REMETTANT CETTE CONVERSATION SUR LE TAPIS, TU DEVAIS T'ATTENDRE À CE QUE JE RÉAGISSE DE CETTE MANIÈRE...
J'AVAIS ESPÉRÉ QUE CETTE MISSION NOUS AURAIT SUFFISAMMENT RAPPROCHÉS POUR FAIRE PENCHER LA BALANCE DU BON CÔTÉ...
JE M'APERÇOIS MAINTENANT QU'ELLE NE NOUS A RAPPROCHÉS QUE POUR MIEUX NOUS ÉLOIGNER...
JE NE VEUX PAS QUE L'ON SE QUITTE FÂCHÉS, HARRY...
TU AS RAISON... JE N'AI PAS GRAND-CHOSE À PROPOSER À CÔTÉ DE CE QUE T'APPORTE UN BOULOT COMME CELUI QUE TU AS À L'AGENCE...
JE SUIS DÉSOLÉE...
C'EST MOI QUI SUIS DÉSOLÉ, LEIA...
DÉSOLÉ DE M'ÊTRE RIDICULISÉ DE CETTE MANIÈRE... JE REGRETTE DE T'AVOIR EMBARRASSÉE...
TU N'AS PAS À T'EXCUSER... JE SUIS QUELQU'UN DE TRÈS ÉGOÏSTE, TU SAIS...
JE N'AI PAS ENVIE DE TE PERDRE, LEIA...
21

Mon séjour à Dumont d'Urville s'écoule sans que je voie les jours passer.
En dehors de mon travail, des repas et des corvées collectives, j'essaie de profiter au maximum de tout ce qui m'entoure.
Parfois le temps se gâte et mes sorties se limitent au strict nécessaire. Cela me laisse alors davantage de temps pour réfléchir et pour alimenter mon journal de bord.
J'ai beaucoup repensé à Harry ces derniers temps. Mon attitude à la fin de notre mission à Silbury Hill a dû le blesser considérablement. J'ai hâte de le revoir pour lui prouver à quel point je tiens à lui.
Je corresponds régulièrement avec Harald. Malgré la distance qui nous sépare, grâce au courriel, je me sens moins coupée du reste monde.
Je suis inquiète pour Loïc. Son caractère de cochon le rend tellement imprévisible.
ÉCHEC ET MAT...
DÉJÀ ?!
AHAHA !
IL VA VRAIMENT FALLOIR QUE JE PRENNE DES COURS DU SOIR !
TSK TSK ! CE N'EST PAS TRÈS GENTIL POUR MOI, ÇA, ALFREDO !
POURQUOI ?
PARCE QU'EN AFFICHANT AINSI TON INCOMPÉTANCE, TU DÉPRÉCIES LA VALEUR DE MA VICTOIRE !
22

TU AS RAISON... JE NE RECOMMENCERAI PLUS... PROMIS ! FÉLICITATIONS !
QUOI ? TU PARS DÉJÀ ? TU NE VEUX PAS UNE REVANCHE ?
C'EÛT ÉTÉ UN PLAISIR, LEIA, MAIS IL FAUT QUE JE FILE PRÉPARER LE DÎNER SI JE NE VEUX PAS ME FAIRE LYNCHER PAR CETTE BANDE D'AFFAMÉS !
CIAO, BAMBINA !
JE CONSTATE QUE TU AS UNE RÉFÉRENCE PRIORITAIRE, MAINTENANT...
QU'EST-CE QUI TE FAIT DIRE ÇA ?
UNE INTUITION... CETTE ODEUR DE SAUCE TOMATE QUI FLOTTE AUTOUR DE TOI EN PERMANENCE... C'EST TON NOUVEAU PARFUM ?
NE SOIS PAS VULGAIRE, WILLY... TES QUALITÉS S'EN TROUVENT DIMINUÉES ET L'ATMOSPHÈRE RISQUE DE S'ALOURDIR...
EXCUSE-MOI... CE N'EST PAS À TOI QUE J'EN VEUX... C'EST À CE...
PAS DE GROSSIÈRETÉ, S'IL TE PLAÎT !
DIS-MOI QUE TU N'ES PAS VENU ICI JUSTE POUR ME FAIRE UNE SCÈNE DE JALOUSIE...
EN EFFET... JE SUIS VENU POUR TE TRANSMETTRE UN MESSAGE : COUVREUR T'ATTEND DANS SON BUREAU...
MERCI BEAUCOUP, WILLY !
23.

(1) LIGHT DETECTION AND RANGING : RADAR UTILISANT UN FAISCEAU LASER POUR ÉTUDIER LES PARTICULES DE L'ATMOSPHÈRE.

(1) TRAITÉ INTERNATIONAL PROPOSANT UN CALENDRIER DE RÉDUCTION DES ÉMISSIONS DE GAZ À EFFET DE SERRE.

DÉSOLÉE, MON CHER... IL FAUT MONTRER PATTE BLANCHE ! CE SYSTÈME EST TOTALEMENT IMPÉNÉTRABLE SANS UNE AUTORISATION SIGNÉE DE MA MAIN !
VOYONS UN PEU QUI ESSAIE DE PIRATER MES DONNÉES EN DOUCE...
SOIT TU ES COMPLÈTEMENT STUPIDE, SOIT TU AS MAQUILLÉ TON IDENTITÉ...
TU N'ES PAS COMPLÈTEMENT STUPIDE... TU AVANCES MASQUÉ...
MAIS SI JE NE PEUX PAS SAVOIR QUI TU ES...
...JE PEUX SAVOIR D'OÙ TU VIENS.
BANCO ! TU ES PASSÉ PAR LE ROUTEUR WI-FI DU DORTOIR.
ET SI J'ALLAIS FAIRE UN TOUR SUR PLACE ?...
JE FAIS UN SAUT AU DORTOIR... SI ON ME CHERCHE, JE SUIS DE RETOUR DANS CINQ MINUTES.

DU CALME, MA VIEILLE... PAS DE PARANO INTEMPESTIVE...
APRÈS TOUT, IL S'AGIT PEUT-ÊTRE D'UNE ERREUR... CONTENTE-TOI DE DÉNICHER L'INDISCRET ET DE LUI SIGNALER QU'IL VIENT DE PÉNÉTRER EN TERRAIN MINÉ...
LEIA ! TU TOMBES BIEN...
SI TU LE DIS !...
J'AIMERAIS M'EXCUSER POUR MON ATTITUDE DE LA DERNIÈRE FOIS...
JE NE T'EN VEUX PAS, WILLY !
JE PEUX QUAND MÊME T'OFFRIR UN CAFÉ POUR ME FAIRE PARDONNER ?
C'EST TRÈS GENTIL, MAIS PLUS TARD... J'AI QUELQUE CHOSE D'IMPORTANT À VÉRIFIER !
CE SERA UNE AUTRE FOIS, AVEC PLAISIR...
O.K. ...

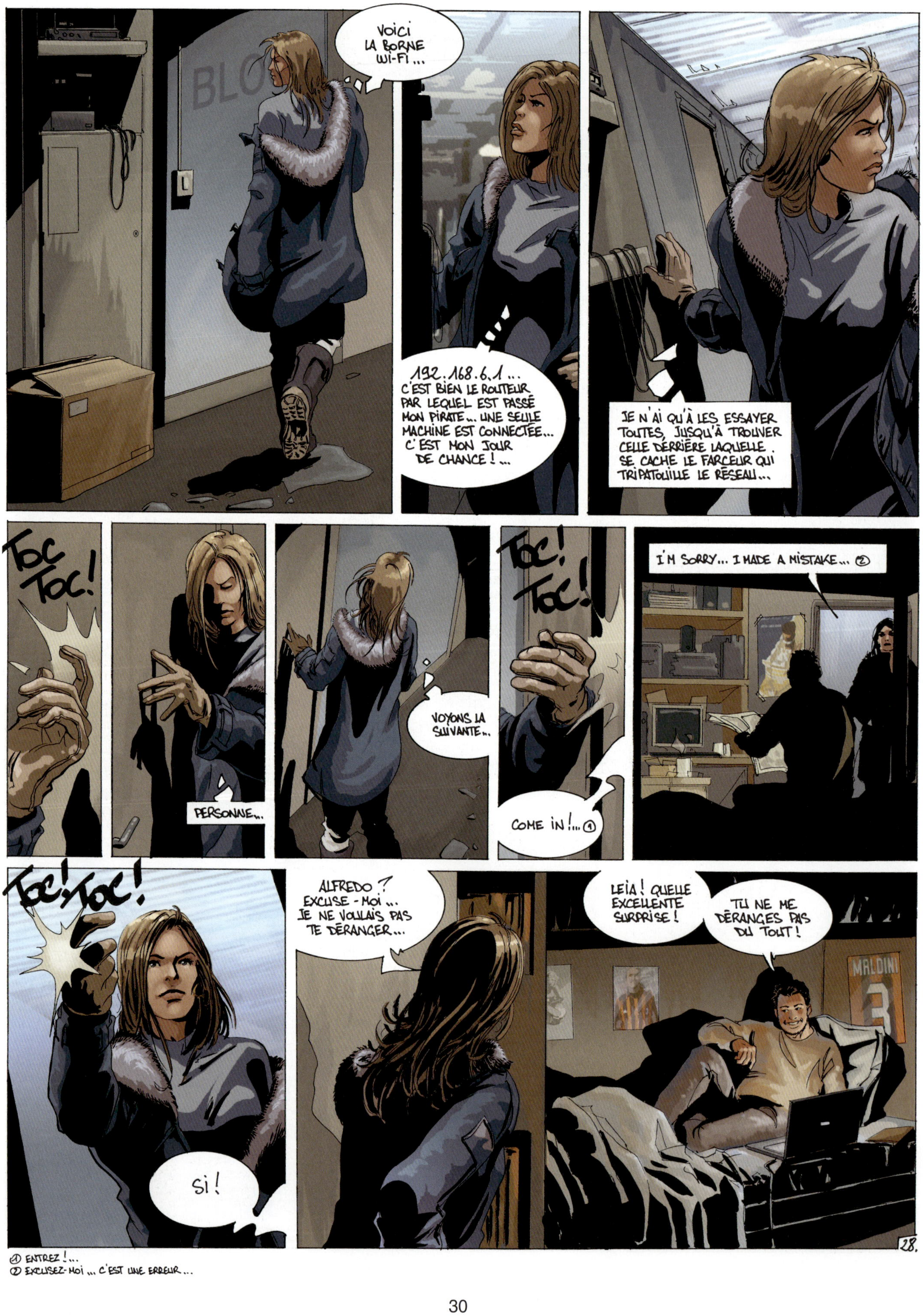

① ENTREZ !...
② EXCUSEZ-MOI... C'EST UNE ERREUR...

TU ES LA BIENVENUE ! AU CONTRAIRE ! ENTRE !
C'EST GENTIL... JE N'AI PAS VRAIMENT LE TEMPS DE RESTER, MAIS...
QU'EST-CE QUI T'ARRIVE ?
IL Y A UN PETIT SOUCI SUR LE RÉSEAU ET C'EST MOI QUI SUIS D'ASTREINTE À LA SURVEILLANCE DES BÉCANES.
QUEL GENRE DE SOUCI ?
TROIS FOIS RIEN... DES BROADCASTS INTEMPESTIFS QUI ÉCROULENT LES ROUTEURS... ÇA T'EMBÊTE SI JE JETTE UN COUP D'OEIL À TA MACHINE ?
JE T'ASSURE QUE JE N'AI PAS NOTÉ LE MOINDRE PÉPIN...
N'OUBLIE PAS QUE C'EST MOI LA SPÉCIALISTE DE L'INFORMATIQUE !
OK ! JE TE LAISSE REGARDER... MAIS IL FAUT ME PROMETTRE DE NE RIEN DIRE À PERSONNE, D'ACCORD ?
JE M'ENTRAÎNE COMME UNE BÊTE DANS L'ESPOIR DE TE BATTRE UN JOUR, LEÏA...
?!
Configuration Thèmes Aide
Horloges
Ordinateur
0:00:00
0:00:00
Historique
A B C D E
JE NE PARVIENS PAS À PASSER LE NIVEAU 1... JE N'AI PAS ENVIE QUE TOUTE LA BASE SOIT AU COURANT !
PROMIS !
JE NE DIRAI RIEN...
29

Ça y est ! Nous avons quitté la base ! Nous laissons Dumont d'Urville derrière nous pour rejoindre Concordia où m'attend la suite de ma mission.
C'est un moment que j'attendais avec impatience et appréhension...
Plus de cent heures à 12 km/h de moyenne. Dix jours de traversée pour venir à bout de ces 1200 km de désert blanc. Ce raid est l'une des épreuves les plus difficiles que j'aie jamais affrontées.
La conduite demande une attention de tous les instants car nous devons rouler dans les traces de l'engin de tête pour éviter de sortir de la piste et de verser.
Chaque soir, nous faisons le plein des tracteurs avant de nous entasser dans la remorque abritant la salle à manger et les couchettes.
Certains matins, nous devons consacrer un long moment à dégager les véhicules avant de pouvoir repartir.
30

Parfois, le ciel est si bleu, si intense, qu'on croirait avoir quitté la Terre.
D'autres fois, il est difficile de voir ce qui se passe à plus de cinq mètres. Dans ces moments-là, bien au chaud dans la cabine, je repense aux explorateurs qui, un siècle plus tôt, rallièrent le Pôle Sud en traîneau.
Me reviennent alors en mémoire les mots de Richard Byrd : "Les heures de sérénité dans une existence sont rares. Quelques-unes cependant suffisent à une vie".
Tout ici est singulier et chaque événement prend des proportions de prodige.
Mais tout a une fin, même le plus fabuleux des spectacles. Au loin déjà se profilent les dômes de la station Concordia. Avec cette drôle d'impression de sortir d'un rêve pour atterrir sur Mars.
31

Le travail au dôme C est plus complexe qu'à DdU. Il faut dire que la température peut chuter jusqu'à –40°. Cela exige de prendre certaines précautions... Outre les conditions climatiques, je me familiarise avec le matériel, les équipements et le vocabulaire.
Indépendamment de l'expérience unique que je vis ici, il y a une autre raison pour laquelle je ne suis pas mécontente d'avoir quitté Dumont d'Urville : m'être éloigné d'Alfredo. Je ne sais pas pourquoi, mais je ne peux m'empêcher d'associer sa tentative d'effraction de mon système à ces "anomalies" dans les mesures... La seule question qui reste en suspens, c'est "pourquoi" ?
Par ailleurs, je n'ai rien de concret à lui reprocher. Je manque encore de preuves et d'éléments, et pour l'instant, j'ai préféré ne rien dire à Couvreur.
Et puis, j'ai tellement à faire pour mon propre matériel. Parfois, je dois accompagner une équipe sur le terrain, à plusieurs dizaines de kilomètres de la base. C'est passionnant mais épuisant. Tout le monde ici est totalement accaparé par l'ampleur de la tâche à accomplir.
Côté agence, plus de nouvelles de Loïc. Harald est très inquiet depuis la réunion de la commission d'experts. J'ai du mal aussi à accepter que l'avenir d'Imago Mundi dépende de ce coup de dés. Nous échangeons des courriels aussi souvent que possible. La situation financière lui mine le moral et je crois que ses problèmes de jambes ont des répercussions sur son humeur, même s'il a du mal à l'avouer.
LEÏA ? C'EST WILLY... TU M'ENTENDS ?
PARFAITEMENT...
PEUX-TU VENIR ME RETROUVER DEVANT LA TENTE GARAGE ?
MAINTENANT ?
L'ÉQUIPE DES GLACIOLOGUES VOUDRAIT TE VOIR. ILS EFFECTUENT DES MESURES DE TERRAIN ET AIMERAIENT TE MONTRER QUELQUE CHOSE QUI LES INTRIGUE.
O.K... J'ARRIVE...
32

CE N'EST PAS PLUS COMPLIQUÉ QUE LE TRACTEUR QUE TU AS CONDUIT DEPUIS DUMONT D'URVILLE...
JE DEVRAIS M'EN SORTIR...
INUTILE D'ESSAYER DE FAIRE DE LA VITESSE... CET ENGIN N'EST PAS ÉQUIPÉ D'UN TURBO...
EN REVANCHE, IL EST ÉQUIPÉ D'UN G.P.S. DERNIER CRI. JE L'AI PROGRAMMÉ POUR QU'IL TE CONDUISE TOUT DROIT SUR L'ÉQUIPE DES GLACIOLOGUES... FIE-TOI À LUI... TA VIE EN DÉPEND!
BIEN, CHEF!
ILS SONT À UNE CINQUANTAINE DE KILOMÈTRES VERS LE NORD. TU EN AS ENVIRON POUR UNE HEURE... JE T'AI FAIT LE PLEIN ET JE T'AI MIS UN JERRYCAN AU CAS OÙ... POUR LES JOINDRE PAR RADIO, APPELLE FABIO SUR LE SECOND CANAL.
OK... MAIS TOUT DE MÊME, EST-CE BIEN PRUDENT QUE JE PARTE TOUTE SEULE ?!...
NE CRAINS RIEN! CE MOUCHARD ÉMET SANS INTERRUPTION TA POSITION AU MÈTRE PRÈS ! MÊME SI TU N'ES PAS EN DANGER, TU DOIS LE LAISSER BRANCHÉ EN PERMANENCE! ON DOIT POUVOIR TE LOCALISER À TOUT MOMENT !
PROMIS, JE N'Y TOUCHERAI PAS... AUTRE CHOSE ?
OUI... UNE DERNIÈRE...
J'ÉCOUTE...
JE SUIS CONTENT QU'ALFREDO NE SOIT PAS LÀ...
MOI AUSSI...
FAIS ATTENTION À TOI, LEIA!...
T'EN FAIS PAS ! ON NE SE DÉBARRASSE PAS DE MOI COMME ÇA !
33

UNE HEURE PLUS TARD...
ALLÔ ? J'APPELLE FABIO...
ICI LEIA... ME RECEVEZ-VOUS ?...
À VOUS...
JE RÉPÈTE... À VOUS...
SKRUUUI!!!
CLIC !
SHIT ! FUCKING RADIO !
BON... JE N'ARRIVE PAS À LES ENTENDRE, MAIS JE NE DEVRAIS PAS TARDER À LES APERCEVOIR...
AÏE ! LE TEMPS SE GÂTE...
... MANQUAIT PLUS QUE ÇA !
34

UNE DEMIE-HEURE PLUS TARD...
TOUJOURS PERSONNE EN VUE...
POURTANT, JE NE ME SUIS PAS ÉCARTÉE DE MA TRAJECTOIRE...
ÇA VA FAIRE UNE HEURE ET DEMIE QUE JE ROULE... J'AURAIS DÛ LES CROISER MAINTENANT...
À MOINS QUE JE NE LES AIE RATÉS À CAUSE DU MANQUE DE VISIBILITÉ ?
UN DERNIER ESSAI RADIO...
FABIO !... C'EST LEÏA... À VOUS...
TOUJOURS RIEN... PEUT-ÊTRE SONT-ILS RETOURNÉS À LA BASE...
WILLY ? TU M'ENTENDS ?
WILLY... C'EST LEÏA...
IL Y A QUELQU'UN ? RÉPONDEZ S'IL VOUS PLAÎT...
EH BIEN... ON DIRAIT QUE LA LIGNE EST COUPÉE...
À PART ÇA, LE TEMPS N'A PAS L'AIR DE S'ARRANGER...
IL VA FALLOIR PRENDRE UNE DÉCISION ÉNERGIQUE, MA VIEILLE...
...DEMI-TOUR !!!
35

BON... ET MAINTENANT, REPARAMÈTRER LE G.P.S. POUR REJOINDRE LA BASE...
?!
HÉ ! QU'EST-CE QUE...
SHIT !... CE MACHIN EST VERROUILLÉ !... PAS MOYEN DE LE REPROGRAMMER !
RESET NOT AVAILABLE
CANCEL ?___
DU COUP, JE ME DEMANDE SI JE SUIS PARTIE DANS LA BONNE DIRECTION...
CELA EXPLIQUE PEUT-ÊTRE AUSSI POURQUOI JE N'AI PAS RÉUSSI À REJOINDRE LES GLACIOLOGUES...
OK... PAS D'AFFOLEMENT... EN PRINCIPE, POUR REVENIR SUR SES PAS, IL SUFFIT DE SUIVRE SES PROPRES TRACES...
... À CONDITION QU'ELLES SOIENT TOUJOURS LÀ...
36.

ÇA FAIT PLUSIEURS HEURES QUE JE ROULE SANS SAVOIR OÙ JE VAIS... C'EST SUICIDAIRE !
LE VENT A FORCI... LA NEIGE TOMBE À L'HORIZONTALE... JE N'Y VOIS PLUS RIEN DU TOUT...
LE MIEUX, C'EST ENCORE DE S'ARRÊTER ET D'ATTENDRE QUE LA TEMPÊTE SE CALME...
CRRRAAA !!!
?!!
DU CALME, MA VIEILLE...
... C'EST LE MOMENT DE METTRE EN PRATIQUE TOUTES CES ANNÉES À JOUER AUX ÉCHECS CONTRE TOI-MÊME !
LE VÉHICULE S'ENFONCE...
MAIS IL S'ENFONCE LENTEMENT...
TU DOIS SORTIR DE LÀ AVANT QU'IL NE SOIT TROP TARD...
MAIS PAS EN T-SHIRT...
... ATTENTION...
... PAS DE GESTES BRUSQUES...
... DOUCEMENT...
... DOUCEMENT !

WILLY ? TU M'AVAIS DEMANDÉ DE T'AVERTIR LORS DU RETOUR DES GLACIOLOGUES ... EH BIEN, ÇA Y EST ... ILS SONT DANS LE SAS ...
LEÏA N'EST PAS AVEC VOUS ?
NON... ELLE EST RESTÉE ICI POUR PARTICIPER AU MONTAGE DU TÉLESCOPE. ELLE SOUHAITAIT Y INTÉGRER SES PROPRES PÉRIPHÉRIQUES... POURQUOI ?
LORSQUE JE L'AI INFORMÉE DE VOTRE MESSAGE SIGNALANT QUE VOUS AVIEZ TROUVÉ QUELQUE CHOSE SUSCEPTIBLE DE L'INTÉRESSER, ELLE M'A DIT QU'ELLE PARTAIT VOUS REJOINDRE ... ELLE SEMBLAIT TRÈS IMPATIENTE ...
JE L'AI AIDÉE À PRÉPARER LA FLEXMOBIL. VOUS ÊTES SÛRS DE NE PAS L'AVOIR VUE ?
QUOI ? ET VOUS L'AVEZ LAISSÉE PARTIR SEULE ?!!
BIEN ENTENDU ! ELLE AVAIT L'AIR DE SAVOIR CE QU'ELLE FAISAIT ET PUIS, JE NE VOIS PAS AU NOM DE QUOI JE L'EN AURAIS EMPÊCHÉE ?...
MAIS AU NOM DU SIMPLE BON SENS, TRIPLE BUSE ! VOUS SAVIEZ BIEN QUE LE BLIZZARD ALLAIT SE LEVER. ELLE N'A AUCUNE EXPÉRIENCE DE CE GENRE DE SITUATION.
JE PENSAIS QUE C'ÉTAIT CONVENU ENTRE VOUS...
ET PUIS, EN TANT QUE TECHNICIEN D'ASTREINTE RADIO, MON RÔLE ÉTAIT DE TRANSMETTRE DES INFORMATIONS, PAS DE PRENDRE DES DÉCISIONS OU DE DONNER DES ORDRES À UN CHERCHEUR !
BON... INUTILE DE SE QUERELLER ! LE MAL EST FAIT !... AVEC LA TEMPÊTE QUI SE PRÉPARE, IL FAUT ABSOLUMENT QU'ELLE REGAGNE AU PLUS VITE LA BASE !
JE M'EN OCCUPE ! JE VAIS LA JOINDRE PAR RADIO.
TENEZ-NOUS AU COURANT !
38.

O.K. ...
PARÉE ...
D'ABORD
LE SAC ...
À MOI
MAINTENANT ...
ATTENTION ...
À TROIS ...
TROIS !!!
CRRRR
C'ÉTAIT
MOINS UNE ...
39.

À PRÉSENT, IL NE ME RESTE PLUS QU'À ESPÉRER QUE LE MOUCHARD FONCTIONNE MIEUX QUE LA RADIO ET LE G.P.S., ET QU'ON VIENNE ME CHERCHER LE PLUS VITE POSSIBLE !
...TIENS... BIZARRE... CE TÉMOIN DEVRAIT ÊTRE ALLUMÉ...
PAS DE BATTERIES ! CET APPAREIL EST RESTÉ SILENCIEUX DEPUIS MON DÉPART !
CONCLUSION : PERSONNE NE SAIT OÙ JE SUIS !
SE POURRAIT-IL QUE...
DES NOUVELLES DE LEIA ?
AUCUNE HÉLAS...
J'AI BEAU APPELER... JE N'ARRIVE PAS À LA JOINDRE... SON POSTE NE RÉPOND PAS... SANS DOUTE LA TEMPÊTE...
J'ESPÈRE QU'IL NE LUI EST RIEN ARRIVÉ...
OÙ EST-ELLE, BON SANG !? MÊME SI ELLE S'EST PERDUE EN CHEMIN, POURQUOI N'A-T-ELLE PAS BRANCHÉ SON MOUCHARD POUR QU'ON LA RETROUVE ?
JE N'EN AI PAS LA MOINDRE IDÉE...
...J'ESSAIE À NOUVEAU...
40

...IL EST ÉQUIPÉ D'UN G.P.S. DERNIER CRI. JE L'AI PROGRAMMÉ POUR QU'IL TE CONDUISE TOUT DROIT SUR L'ÉQUIPE DES GLACIOLOGUES.
... TU PEUX LES JOINDRE PAR RADIO...
NE CRAINS RIEN ! CE MOUCHARD ÉMET SANS INTERRUPTION TA POSITION AU MÈTRE PRÈS !
...JE SUIS CONTENT QU'ALFREDO NE SOIT PAS LÀ...
... J'AIMERAIS M'EXCUSER POUR MON ATTITUDE DE LA DERNIÈRE FOIS...
...FIE-TOI À LUI... TA VIE EN DÉPEND...
41

La température a chuté de plusieurs degrés en un rien de temps. Le froid est intense. Je ne sens plus mes pieds. J'ai l'impression que je me désagrège peu à peu. À ce rythme-là, d'ici quelques minutes, j'aurai certainement cessé d'exister...
Mon abri est terminé. J'ai appliqué au mieux les consignes de survie... Je n'ai pas le temps de construire un igloo complet... J'ai remis des piles dans le mouchard... Je ne peux rien faire de plus que de rester blottie derrière ce fragile monticule en attendant que la tempête s'apaise...
Tandis que le hurlement du blizzard emplit mes tympans, je me remémore les récents événements. Je fais une piètre détective...
QUELQU'UN A ESSAYÉ D'ENTRER SANS DEMANDER LA PERMISSION...
YOU CANNOT PASS !
J'ai mis l'intrusion sur le compte d'Alfredo alors que le véritable fouineur avait quitté son poste dès l'instant où il a compris que le terrain était miné...
Ce fouineur, je l'avais ensuite croisé...
LEIA ! TU TOMBES BIEN...
Il m'avait parlé...
J'AIMERAIS M'EXCUSER POUR MON ATTITUDE DE LA DERNIÈRE FOIS...
Et je lui avais même souri...
JE NE T'EN VEUX PAS, WILLY !
Je prends conscience aujourd'hui que ce fouineur n'a pas hésité à m'envoyer à la mort...
Je m'apprête à payer cher mon manque de lucidité...
42

COMMENT VA-T-ELLE ?
ELLE N'A TOUJOURS PAS REPRIS CONSCIENCE...

QUAND VA-T-ELLE OUVRIR LES YEUX ?
ELLE A BESOIN DE REPRENDRE DES FORCES, LOÏC...
ELLE A DÛ PASSER PLUSIEURS HEURES EXPOSÉE À LA TEMPÊTE...
JE ME DEMANDE BIEN CE QU'ELLE FAISAIT LÀ... SEULE... PERDUE AU BEAU MILIEU DE NULLE PART...
ÇA ME FAIT VRAIMENT UN CHOC DE LA RETROUVER, COMME ÇA, AU BOUT DU BOUT DU MONDE...
LE CHOC SERA RÉCIPROQUE, TU PEUX ME FAIRE CONFIANCE !
QU'EST-CE QUE TU VEUX DIRE ?
LORSQU'ELLE AURA REPRIS SES ESPRITS, LEIA NE SERA CERTAINEMENT PAS MOINS SURPRISE DE DÉCOUVRIR SON CHER LOÏC, TRAVAILLANT DANS UNE BASE RUSSE DU BOUT DU BOUT DU MONDE !
45

FIN DE L'ÉPISODE.